# LES
# ZOUAVES

## PONTIFICAUX

## OU VOLONTAIRES DE L'OUEST

### Poeme Dramatique & Lyrique

PAR

## L'Abbé CHAMPRÉ

PROFESSEUR

À l'Institution Notre-Dame, à Guingamp

**GUINGAMP**

IMPRIMERIE PIERRE LE GOFFIC

—

1873

# LES

# ZOUAVES

## PONTIFICAUX

### Ou Volontaires de l'Ouest

# LES
# ZOUAVES
## PONTIFICAUX
## OU VOLONTAIRES DE L'OUEST

POÉME DRAMATIQUE & LYRIQUE

PAR

L'ABBÉ CHAMPRÉ

PROFESSEUR

A l'Institution Notre-Dame, à Guingamp

GUINGAMP

IMPRIMERIE PIERRE LE GOFFIC

—

1873

# A SA GRANDEUR

# M<sup>GR</sup> AUGUSTIN DAVID

### Evèque de S<sup>t</sup>-Brieuc & Tréguier

MONSEIGNEUR,

Permettez-moi de remplir un devoir de reconnaissance et de piété filiale en déposant aux pieds de Votre Grandeur ce poëme dont elle a daigné accepter l'hommage et bénir le succès.

Il rappelle des souvenirs à la fois tristes et consolants, sombres et glorieux : les malheurs de la France et le courage de ses enfants. C'est là un sujet qui ne saurait vous être indifférent, Monseigneur.

Chacun de nous a pu, dans ces jours néfastes, admirer en vous des exemples et prendre à votre école des leçons de patriotisme, soit que votre voix s'élevât pour déplorer en accents éloquents les souffrances de la patrie, soit que votre piété fît monter vers le ciel les vœux de votre diocèse pour son salut.

N'est-ce pas vous qui avez soufflé dans l'âme de vos séminaristes et de vos prêtres ce dévouement qui a fait des uns les dignes frères d'armes des Zouaves pontificaux, ou des infirmiers dans les ambulances, et des autres, des apôtres pour nos combattants, sur les champs de bataille? Ne vous a-t-on pas vu courir au milieu des camps, avec une sollicitude paternelle, pour soulager, fortifier et bénir nos malheureux soldats? Enfin, n'avez-vous pas inspiré, encouragé parmi nous toutes les œuvres destinées à subvenir à leurs pressants besoins?

Je ne saurais où m'arrêter, Monseigneur, si je recherchais tous vos titres aux hommages de chacun de vos prêtres. Vous êtes notre maître dans les Lettres comme notre pasteur dans la foi, vous êtes notre chef par les lumières de l'intelligence comme notre père par les sentiments du cœur.

En bénissant cet ouvrage, en lui donnant par votre Vicaire général l'approbation que vous n'avez pu lui donner vous-même, à cause d'un voyage que nous souhaitons heureux dans l'intérêt d'une santé chère à votre diocèse, vous avez accordé à l'auteur une nouvelle marque de cette bonté dont il conservera, Monseigneur, un impérissable souvenir.

Daignez agréer l'expression de la reconnaissance et du respect avec lesquels il se dit,

DE VOTRE GRANDEUR,

Le très-humble et très-obéissant serviteur,

P. CHAMPRÉ,

Prêtre.

ÉVÉCHÉ

de

S<sup>t</sup>-BRIEUC & TRÉGUIER

St-Brieuc, le 11 Juillet 1873.

# LETTRE

## DE M. L'ABBÉ CHATTON

Vicaire général

### DE M<sup>gr</sup> L'ÉVÊQUE DE S<sup>t</sup>-BRIEUC & TRÉGUIER

#### A M. l'Abbé CHAMPRÉ

MON CHER ABBÉ,

Toute œuvre littéraire qui tend à élever le caractère et à développer les sentiments nobles et généreux a droit à des encouragements.

Je ne puis donc que vous féliciter de votre poëme sur les Zouaves Pontificaux. Cette pièce ne manque pas d'inspiration ; elle respire surtout le patriotisme le plus pur et le plus chrétien, et je la recommanderais tout particulièrement à la jeunesse de nos écoles.

Avec tous mes vœux pour le succès de vos essais poétiques, veuillez bien agréer, mon cher abbé, l'assurance de mes plus affectueux sentiments.

AUG. CHATTON,

Chanoine, Vicaire général.

# PRÉFACE

Cédant au conseil de quelques amis, nous livrons à l'impression et nous offrons au public ce poëme composé sur les Zouaves pontificaux.

La pensée qui l'a inspiré, ce n'est point l'ambition de relever la gloire des héros de Mentana et de Patay, trop solide et trop éclatante pour avoir besoin d'un si faible concours. On a cherché là simplement un thème de chants honnêtes et patriotiques propres à être mis dans la bouche de jeunes élèves.

Plût à Dieu que le talent de l'exécution eût été à la hauteur du sujet !

Cette pièce, telle quelle, a reçu de bienveillants suffrages. La première partie seulement, mise en musique et exécutée au collège ecclésiastique de la ville de Guingamp, devant une société d'élite et nombreuse, mais sans l'appareil scénique qu'elle comporte et par des organes nécessairement novices, n'a pas laissé que de produire un grand effet ; elle a été saluée par des bravos qui s'adressaient, nous le savons, bien plus aux héros qu'aux auteurs de la pièce.

C'est encouragé par ce succès que nous avons fait suivre ce premier acte de trois autres, dramatisant toute la campagne des Zouaves pontificaux en France.

Ainsi complétée, l'œuvre a reçu des témoignages écrits d'une grande valeur pour tout homme impartial, et pour nous bien précieux. Nous ne résistons pas à la tentation d'en citer un fragment :

« J'ai lu avec le plus grand intérêt le poëme que vous avez bien voulu m'envoyer. Les sentiments les plus chrétiens et les plus patriotiques, dits en beaux vers et avec un talent incontestable, c'est plus qu'il n'en faut pour mériter les suffrages que votre œuvre a déjà obtenus, et ceux que l'avenir lui réserve, lorsqu'elle sera plus connue. »

Ces paroles sont signées d'un nom qui serait bien capable de désarmer la critique et qui ferait certainement la fortune de notre humble opuscule, si, pour des raisons qu'il nous a été donné d'apprécier, nous ne devions le tenir secret. Nous ne savons si le public ratifiera ce jugement ; pour nous, du moins, avoir mérité ces éloges serait notre plus grand bonheur , et les avoir obtenus est une récompense dont nous nous contenterions volontiers.

L'idée de ce poëme remonte à des temps où le patriotisme français était heureux de pouvoir se rattacher à nos vieilles gloires ou à quelques débris de nos grandeurs restés debout, pour ne pas sombrer sous un abîme de hontes. Aujourd'hui ces chants n'ont plus même l'attrait de l'actualité. Cependant, ils réveillent, comme un écho bien faible, il est vrai, des souvenirs qui resteront toujours dignes d'intérêt.

Nous n'avons point recherché l'exactitude historique, nous nous sommes efforcés seulement d'exprimer des sentiments qui ne seraient pas désavoués par les défenseurs, par les vrais amis de la Religion et de la Patrie.

Enfin, ce n'est pas un opéra que nous avons voulu faire. Si un tel ouvrage était au-dessus de notre puissance, du moins aussi a-t-il été loin de notre volonté. Cependant nous avons voulu faire un poëme qui pût supporter la lecture, être chanté par des voix seules ou par des chœurs, et même être joué sur un théâtre de société, selon les ressources et les circonstances.

C'est aux jeunes gens surtout que nous offrons ce poëme consacré aux Zouaves pontificaux, leurs devanciers, et, nous pouvons bien le dire, leurs modèles dans le service de l'Eglise et de la France. Puisse-t-il être accueilli par eux, être admis dans les Ecoles et les Institutions créées pour la jeunesse! Exécuté avec les ressources qui se rencontrent dans ces réunions, il peut être, croyons-nous, la source d'un agréable et légitime divertissement.

Nota. — La partition, pour voix et piano, de la première partie, est en vente sous ce titre : LES ZOUAVES PONTIFICAUX OU VOLONTAIRES DE L'OUEST, *Scène Lyrique*, par M. BOIVIN, à Paris, chez Gautrot, éditeur de musique, rue Turenne, 80 ; à Rennes, chez Bonnel, marchand de musique, rue Nationale, 3 ; et dans les principales villes de Bretagne, chez les principaux libraires marchands de musique.

# PERSONNAGES

LA DAME, représentant la France.
LE GUERRIER (1).
LE TRIBUN.
LE BRAVO.
UN MESSAGER.


# CHŒURS

LES ZOUAVES.
LE PEUPLE.
LES ALLEMANDS.
CHŒUR des Anges et voix célestes.

(1) Voir la 2ᵉ note, page 59.

# LES ZOUAVES

## PONTIFICAUX

## OU VOLONTAIRES DE L'OUEST

—◆—

### Chœur d'Ouverture

Vive la France,
Et l'espérance;
Dans le triomphe ou le malheur,
Que la Patrie,
Toujours chérie,
Vive à jamais dans notre cœur!

Paix à la France
Dans ses malheurs,
Joie, espérance,
Dans tous les cœurs!

# I. — LE RETOUR



## RÉCIT ou CHŒUR

Sur ce mont que la mer regarde
Et que salue au loin le flot,
Où Notre-Dame de la Garde
Sourit aux vœux du matelot,

Près du temple où la sainte Image
Brille, des mers astre serein,
Nouveau débarqué du rivage
Priait un jeune pèlerin.

Nulle arme n'ornait sa ceinture,
Mais sous son costume étranger
Son air franc, sa noble figure
Trahissait un vaillant guerrier.

Le vent retenait son haleine,
Le soir montrait ses premiers feux ;
Du héros la voix mâle et pleine
Soudain s'élève vers les cieux.

# LE GUERRIER

Salut, ô ma patrie !
O ma France chérie,
Terre toujours bénie,
En revoyant ton sol ami,
De joie et d'allégresse,
D'amour et de tendresse,
Sur ton sein que je presse,
Mon cœur, ah ! mon cœur a frémi !

Salut, ô Vierge sainte !
Ici, dans ton enceinte,
Je retrouve l'empreinte
Des pas, des larmes de l'adieu ;
O Vierge protectrice,
Dans l'honneur, la justice,
Ta main toujours propice
M'a guidé sous les yeux de Dieu.

Durant dix ans d'absence,
En songeant à la France,
Sauvé par ta puissance
Et vainqueur souvent grâce à toi,
Sur les champs de bataille,
Sans que mon bras défaille,
J'ai bravé la mitraille,
J'ai vengé mon culte et ma foi.

Et je reviens, fidèle
A la voix qui m'appelle
Sous une main cruelle
Ma France, hélas, est en danger !
Quand je vois ma patrie
Désolée et flétrie,
Mon bras, mon sang, ma vie,
Tout est là pour la protéger !


## RÉCIT

Le jour fuyait au loin, et la lune argentine
Montait à l'orient, éclairant la colline
          D'un éclat pâle et vaporeux.
Emu, levant au ciel son humide paupière,
Le guerrier à genoux demeurait en prière,
          Immobile et silencieux.


L'air frémit, tout à coup une forme légère
Sur un rayon d'azur s'abaisse vers la terre
          Et s'avance près du héros.
Il regarde, surpris : c'est une belle dame
Aux yeux bleus où brillait une céleste flamme,
          Comme le soleil dans les flots.


Sur son front couronné luit un reflet de gloire,
Mais sur elle à grands plis, jetant une ombre
                                        [noire,

Retombe un long voile de deuil;
Le guerrier dans sa main voit briller une lame,
Et sa voix qu'il connaît résonne dans son âme,
Comme un sanglot sur un cercueil.


## LA DAME, LE GUERRIER

### LA DAME

O mon Dieu! ta colère terrible
Hélas d'un peuple ingrat a juré le malheur :
Arrête de ton bras le courroux inflexible;
Verras-tu sans pitié sa plainte et ma douleur?

### LE GUERRIER

Qui donc es-tu, femme éplorée?
Quelle douleur te fait gémir?
Pour moi l'infortune est sacrée,
Parle, je veux te secourir!

### LA DAME

Hélas! sans défiance,
Je comptai sur la foi,
Je crus à la vaillance
Des hommes qui veillaient pour moi. —
Les traîtres m'ont livrée
Aux sanguinaires mains
D'une race abhorrée,
De tyrans sombres, inhumains!

Naguère d'une reine
J'étalais la splendeur,
Comme à sa souveraine
Le monde me rendait l'honneur. —
Ils ont brisé mon trône,
Dissipé mon pouvoir;
Je n'ai plus de couronne,
Je n'ai plus... que mon désespoir!


Au combat la Victoire
Conduisait mes guerriers,
Et la main de la Gloire
Me ceignait de nobles lauriers. —
On livre mon épée
A des hommes pervers,
Je reste désarmée
En proie aux plus sanglants revers!


J'avais, heureuse mère!
Nourri de beaux enfants; —
Et la terre étrangère
Les retient captifs et souffrants;
Tandis que des rebelles,
Qui se disent mes fils,
Déchirent les mamelles,
Le sein qui les avait nourris!

Jadis un noble rôle
Me fit le bras de Dieu (1);
L'honneur fut mon idole!...
Faut-il donc à tout dire adieu?
Et qu'à jamais je pleure
Sur mes lauriers flétris?
Ah! plutôt que je meure
Sur les corps de mes derniers fils!...


LE GUERRIER

Qui donc es - tu, femme éplorée,
Toi que la douleur fait gémir?
Pour moi l'infortune est sacrée,
Parle; je veux te secourir!


LA DAME

Qui donc es-tu, toi qui soupires
A ce récit de mes revers?
Les sentiments que tu m'inspires
Rendent mes malheurs moins amers.


LE GUERRIER

Je suis soldat! De l'Italie
Les échos te diront mon nom :
Et je reviens vers ma patrie
Où j'entends gronder le canon.

(1) Gesta Dei per Francos.

LA DAME

Ah! si tu servis l'Italie,
Si son roi félon est ton roi,
La France n'est pas ta patrie,
La France n'attend rien de toi!

LE GUERRIER

Je suis Français! J'ai servi Rome,
L'Eglise et le Pontife-Roi;
Je suis Français; jamais un homme
Ne me fera trahir ma foi.

LA DAME

Mais si sur la terre étrangère
Tu cherchas l'or, ce dieu nouveau,
La France aux mains d'un mercenaire
Ne peut confier son drapeau.

LE GUERRIER

Je suis Breton! Pour ma croyance
J'ai combattu, non pour de l'or;
Dans la fortune ou l'indigence.
L'honneur fut toujours mon trésor!

LA DAME

Mais je vois ta main désarmée;
Serais-tu donc lâche soldat?
Aurais-tu laissé ton épée,
Déserté le champ du combat?

LE GUERRIER

Je suis chrétien ! et sans alarmes
Je sais affronter le trépas ;
Si Dieu n'eût fait rendre mes armes,
L'ennemi ne les aurait pas !

LA DAME

Va ! Je te reconnais, cœur vaillant, âme fière !
O preux de Charlemagne, ô Franc du vieux Clovis !
Va donc au champ d'honneur déployer ma bannière,
Vaincre, ou du moins mourir, ô fils de saint Louis !
Je suis ta mère !

LE GUERRIER

Je suis ton fils !

DUO

LA DAME

Je suis ta mère !
Vaincre ou mourir pour ton pays !

LE GUERRIER

Ma noble mère !
Vaincre ou mourir pour mon pays !

LA DAME, seule

Ecoute ! Loin d'ici, dans une ville obscure,
Lorsque pour moi ses sœurs ne cessent de prier,
Au fond d'un cloître saint une vierge humble et pure
Prépare le drapeau que tu dois déployer.

CHŒUR

Au fond d'un cloître saint une vierge humble et pure
Prépare le drapeau que je dois déployer.

LA DAME

Tu le reconnaîtras à son divin emblème,
Un cœur en traits de feu sur le milieu tracé :
Le Cœur de l'Homme-Dieu plein de bonté suprême,
Et qui pour moi d'amour ne s'est jamais lassé.

CHŒUR

Le Cœur de l'Homme-Dieu plein de bonté suprême,
Et qui pour moi d'amour ne s'est jamais lassé.

LA DAME

Prends ce glaive, ô mon fils ; va, prêt au sacrifice :
De la Foi, de l'Honneur, je t'arme chevalier !
Et que le sort pour nous soit cruel ou propice,
Reste, reste toujours l'invincible guerrier !

CHŒUR

Et que le sort pour nous soit cruel ou propice,
Je resterai toujours invincible guerrier !


RÉCIT

A ces mots, dans l'espace
Elle s'élève et passe,
Traçant un sillon radieux,
Comme un beau météore,
Ou pareille à l'aurore
Qui renaît et sourit aux cieux :


Bientôt la nuit plus sombre
Etend son voile d'ombre,
L'orage monte furieux :
Au bruit de la tempête
Qu'au loin l'écho répète
S'élève un chant fier et joyeux.


CHŒUR DES ZOUAVES

*(Chant du départ)*

O Dieu de suprême bonté,
Du haut des cieux sauve la France
Que la main de ta charité
Soit son rempart et sa défense.

Nous t'implorons dans nos combats;
Entends notre voix qui te crie :
O Dieu vengeur ! guide nos bras,
Sauve, sauve notre belle patrie !


Ils partent tes enfants chéris,
Guerriers pleins de foi, de vaillance;
Pour venger tes lauriers flétris
Ils vont mourir, ô noble France !
Ton amour nous rend tous soldats
Contre des ennemis terribles.
Un Dieu vengeur guide nos bras :
Pour toi, pour toi nous serons invincibles !


De tyrans ivres de fureur
Les flots impurs souillent nos terres,
La mort, l'épouvante et l'horreur
Suivent ces hordes sanguinaires.
Marchons au-devant de leurs pas,
Leur haine aiguisera nos armes;
Un Dieu vengeur guide nos bras :
Leur sang, leur sang doit payer nos alarmes.


Allons, généreux défenseurs,
Entendez la France qui crie :
Frappez, frappez les oppresseurs;
Ah ! secourez votre patrie !

Delivrez-nous des attentats
De l'émeute à la rage immonde
O Dieu vengeur ! bénis leurs bras :
Sauve, sauve la liberté du monde !

# II. — LA RENCONTRE



## RÉCIT

Au sein de la riche Touraine,
Comme un palais dans un jardin,
Tours, en ces temps, la ville-reine,
Présidait à notre destin.

Le deuil planait sur notre France,
La mort sur nos soldats épars ;
Devant le vainqueur, sans défense,
Tombaient, tombaient tous nos remparts.

Partout l'invasion fatale
Poussait son flot envahisseur,
Ceignait l'altière Capitale
D'un cercle terrible et vengeur.

Le désespoir et la tristesse
Voilaient les fronts, quand un beau jour
Partit un long cri d'allégresse,
Présage d'un heureux retour.

Quel est l'objet de cette joie ?
Dieu va-t-il enfin nous sauver ?
Voici par une étrange voie
Qu'un sauveur nous vient d'arriver...

De ses paroles enflammées
Soudain vont naître des héros,
Partout vont surgir des armées
Prêtes aux plus nobles travaux !

Avec des chants, des cris, la foule
Se presse au-devant de ses pas :
Dans la rue elle se déroule
Portant le tribun dans ses bras.

Cependant un jeune zouave,
Avec son costume étranger,
Passait silencieux et grave,
Parmi cet émoi passager.


## LE GUERRIER, LES ZOUAVES

### LE GUERRIER

Seigneur ! ta faveur abandonne
Celui qui déserte ta loi,
Mais toujours ta bonté pardonne
Au peuple qui revient à toi.

## LES ZOUAVES

Nous, pour la Foi qui nous est chère
Nous avons lutté sans faillir ;
Pour la France, notre autre mère,
Oui, nous voulons vaincre ou mourir !

## LE GUERRIER

Seigneur ! de ses faux dieux éprise,
Oubliant tes lois, ton amour,
La France abandonna l'Eglise,
Tu la délaisses à ton tour.

## LES ZOUAVES

Nous, pour la Foi qui nous est chère
Nous avons lutté sans faillir,
Pour la France, notre autre mère,
Oui, nous voulons vaincre ou mourir.

(On entend le bruit de la foule, et le chant<br>de la Marseillaise.)

## LE GUERRIER

Entendez-vous ces chants ? Quels sont ces cris de
[joie ?
Pour qui tous ces hourras et ces ovations ?
Est-il victorieux ce drapeau qu'on déploie ?
Pour quel vainqueur enfin ces acclamations ?

(Il se retire à l'écart.)

2

LE TRIBUN, LE PEUPLE l'entourant

LES PATRIOTES

Vive, vive la République !
C'est pour elle que l'on se pique
D'être bons citoyens, patriotes, soldats !
Rappelons notre antique gloire,
Quatre-vingt-treize et la victoire...
Honneur au grand tribun, la fleur des avocats !

LE TRIBUN

Malheur à qui craint pour sa vie
Et laisse en danger sa patrie !
En avant ! guerre à mort : nous serons triomphants.

LES RÉPUBLICAINES

Quittez, quittez l'ombre des temples !
De nos fils suivez les exemples,
Prêtres, suivez au feu nos époux, nos enfants !

LES ROUGES

Mort aux tyrans et mort aux traîtres !
Le peuple ne veut plus de maîtres :
Nous fûmes trop longtemps les seuls déshérités...
A nous le droit, à nous la force !
Plus de loi, plus aucune amorce
Pour imposer la chaîne à nos bras irrités !...

(La foule passe.)

LE GUERRIER, seul

Voilà donc, pauvre France,
Ta dernière espérance !
Avec l'envahisseur
Un vain peuple en délire
Au grand soleil conspire
Pour vendre ton honneur !

Quand la France succombe
Ils dansent sur sa tombe,
Ils chantent les bandits !
Bien plus, contre Dieu même
Ils lancent le blasphème,
L'insulte, les maudits !...

(On entend le son d'une cloche et le chant du *Miserere* dans l'Eglise.)

Ici, la cloche sonne,
Le temple saint résonne
De cantiques pieux.
Est-ce aussi la victoire
Que l'on chante, et la gloire
D'un bras victorieux ?

(Il écoute : Le même chant continue.)

Des actions de grâces ?
Non... ce sont les menaces
Et les fléaux de Dieu
Qu'un vrai peuple en prière
A genoux sur la pierre
Conjure en ce saint lieu.

Chantez, âmes fidèles !
A vos voix solennelles
Je m'unis de ce seuil.
Et qu'un Dieu toujours père
Apaise sa colère
A vos hymnes de deuil.

(L'Eglise s'ouvre : on aperçoit l'autel entouré de fidèles.)

CHŒUR, dans l'Eglise

Frères, levons les yeux vers les saintes collines
D'où le ciel à nos vœux a promis le secours.
Apaise, ô Dieu clément, tes vengeances divines :
Nous as-tu condamnés à tomber pour toujours ?

AUTRE CHŒUR

Pitié pour tes enfants, Dieu des miséricordes !
Ils t'implorent, hélas ! indignes de pardon,
Ils l'espèrent pourtant, il faut que tu l'accordes :
Fais éclater sur eux la gloire de ton nom.

ENSEMBLE

A tes pieds, Roi des rois, nous confessons nos
[crimes :
Nous suivions loin de toi les sentiers de l'erreur;
D'un délire insensé nous fûmes les victimes...
Sauve, sauve un pays jadis cher à ton cœur.

LES ZOUAVES, s'avançant à l'autel

Zouaves et Français, nous t'offrons, ô Patrie,
Nos glaives aux combats dès longtemps éprouvés :
Bénis-les, et pour toi, bientôt, France chérie,
Du sang de tes vainqueurs ils seront abreuvés.


LES VOLONTAIRES

Nous quittons à ta voix nos toits et nos cam-
[pagnes,
France, sous tes drapeaux tu nous vois accourir;
Et confiant à Dieu nos enfants, nos compagnes,
Pour toi nous jurons tous de vaincre ou de mourir.


LES SÉMINARISTES

Nous avions à l'autel voué notre existence :
La patrie en danger nous presse d'accourir.
Ah! s'il faut notre sang pour aider ta défense,
France! nous voici prêts, nous venons te l'offrir.


LE PRÊTRE à l'autel

Partez, nobles enfants! que votre sacrifice,
Avec nos vœux, du ciel arrête le courroux;
Partez! de cet autel que ma main vous bénisse :
Que le Dieu des combats partout veille sur vous.

LES MÈRES

Patronne de la France! O divine Marie!
Prends pitié de nos pleurs, protége nos enfants!
Ils courent à la mort pour sauver leur patrie :
Ah! les reverrons-nous si tu ne les défends.

(L'Eglise se referme.)


LE GUERRIER, seul


Je retrouve ma France, à ces voix en prière :
Humiliant son front sous le courroux des cieux,
Mais devant l'ennemi toujours vaillante et fière...
Priez, frères, priez! Avec vous sont mes vœux!

(On entend le bruit de la foule, et le chant
de l'*Hymne à Garibaldi*.)


Mais que veut cette foule en son ivresse folle
Déroulant à plaisir ses flots tumultueux?
Qui fête-elle encor? quelle impuissante idole
Reçoit en ce moment son encens et ses vœux?


Laissez donc, insensés, et les chants et les fêtes;
C'est contre l'ennemi qu'il faut lever vos bras!
Il s'avance à grands pas et menace vos têtes...
S'il faut chanter, chantons en marchant aux combats.

(La foule paraît, portant le Bravo en triomphe.)

Mais quel objet nouveau se présente à ma vue?
C'est lui... Cette figure hélas! m'est trop connue :
Cet odieux bandit, ce traître aventurier,
De mes frères, naguère, infâme meurtrier,
Pourquoi vient-il encor souiller notre patrie?
Tant d'audace à nos yeux sera-t-elle impunie?...
Ah! je te trouve enfin, misérable, attends-moi :
Ton heure est arrivée! En garde, et défends-toi!..


LE GUERRIER, LE BRAVO, le peuple l'entourant


LE BRAVO

Eh! que me veut cet homme?
Quel est ce furieux?
Je reconnais de Rome
Le chevalier fougueux...
Amis, défendez-moi de ses mains sanguinaires.


LE GUERRIER

Appelle à ton secours tes horribles sicaires!
Même au sein de leurs bras,
Même au sein de la terre,
A ma juste colère
Tu n'échapperas pas!

Héros prompts à la fuite,
Arrière, vous bandits,
Arrière! à ma poursuite
Livrez ses jours maudits!

(Il marche vers le Bravo.)

## RÉCIT

Il dit. et pour frapper déjà son bras se lève,
Sur le front du bandit déjà brille son glaive :
    Mais sur la foule tout à coup
Etincelle un rayon d'une vive lumière :
Tous les yeux éblouis abaissent leur paupière,
    Une main arrête le coup.

Le guerrier tout surpris a détourné la tête,
Et son bras va punir l'imprudent qui l'arrête;
    Mais soudain tombe son courroux :
Ses yeux ont reconnu l'auguste et belle dame
Dont les traits pour jamais sont gravés dans son
                    [âme.
Et le héros tombe à genoux :

## LA DAME, LE GUERRIER

### LE GUERRIER

Ah! viens-tu, bon Génie,
Ange de la Patrie,

Témoin de notre déshonneur,
    Viens-tu voir ma vengeance
    En punissant l'offense
Consoler du moins sa douleur ?


LA DAME

Arrête, preux guerrier, arrête ! Cette épée
Dans le sang du maudit ne sera pas trempée :
    Ce sang appartient au bourreau.
Et si le traître ici trouve encor un refuge,
Un terrible avenir, un implacable juge
    L'attend derrière le tombeau.


DUO

LE GUERRIER

Ah ! viens-tu, bon Génie,
Ange de la Patrie,
Témoin de notre déshonneur,
    Viens-tu voir ma vengeance
    En punissant l'offense
Consoler du moins sa douleur ?


LA DAME

Oui, votre bon Génie,
L'ange de la Patrie,

Témoin de votre déshonneur,
        Vient promettre à la France
        Qu'en punissant l'offense
Dieu consolera sa douleur!


LA DAME, seule

Si parfois ici-bas la justice opprimée
Elève vers les cieux une voix alarmée,
        Son cri ne monte pas en vain ;
Toi, noble défenseur, marche et combats sans
                                [crainte :
Si ce monde insensé se moque de ta plainte,
        Dieu te couronnera demain.


DUO

LE GUERRIER

        Ah! viens-tu, bon Génie,
        Ange de la Patrie,
Témoin de notre déshonneur,
        Viens-tu voir ma vengeance
        En punissant l'offense
Consoler du moins sa douleur?


LA DAME

        Oui, votre bon Génie,
        L'ange de la Patrie,

Témoin de votre déshonneur,
Vient promettre à la France
Qu'en punissant l'offense
Dieu consolera sa douleur!


## RÉCIT

Alors la vision s'envole,
Sur un rayon, comme un zéphyr,
Laissant le guerrier sans parole,
Incertain s'il doit obéir.


Il baise la croix de son glaive,
Il jette un regard vers les cieux;
Puis, l'âme calmée, il se lève,
Mais il menace encor des yeux :


LE GUERRIER, LE BRAVO, LE PEUPLE

LE GUERRIER

Lâche! te souvient-il des champs de Mentana
Où l'enfer à toi seul un jour t'abandonna?
Si je t'avais trouvé pied à pied, lance à lance,
Ah! tu ne viendrais pas ici braver la France!

Mais n'ayant pour appui que ta faible valeur,
Tu fuyais comme un lâche et vulgaire voleur;
Et quand tu vois tomber ma patrie éplorée,
Tu flaires la victime et cours à la curée !

Infâme ! Et je ne puis te transpercer le flanc !
Cette terre ne peut se souiller de ton sang :
Le ciel est sage, va ! garde ta triste vie
Pour te couvrir encor de plus d'ignominie.


## LE GUERRIER, LE TRIBUN, LE BRAVO

### TRIO

#### LE BRAVO

Respect au guerrier défendant
La République universelle !

#### LE TRIBUN

Honneur au héros combattant
Pour la République immortelle !

#### LE GUERRIER

Opprobre au chevalier errant
De la Révolte universelle !

LE TRIBUN, seul

Oublions nos ressentiments
Dans une union fraternelle !


LE GUERRIER, seul

Moi ! Je trahirais mes serments,
En serrant sa main criminelle.. !


LE BRAVO, seul

Va ! suis donc tes vieux errements
D'une intolérance éternelle !


LE GUERRIER, seul

Oui, je suivrai mon Dieu, ma foi,
Je suivrai l'honneur, la justice ;
Pour toi, tu suis une autre loi,
La violence et l'artifice...

Du peuple dis-toi le soutien,
Idole des ignobles tourbes ;
Poursuis la foi, le nom chrétien,
Amis des sicaires, des fourbes !

L'histoire un jour vous jugera !
Jouissez de l'instant qui passe :
La patience à bout se lasse,
Et votre règne finira !

# LE GUERRIER, LES ZOUAVES

### LE GUERRIER

Pour nous que la patrie appelle,
Laissons là ces fiers citoyens :
Allons, frères, montrer pour elle
Comment meurent de vrais chrétiens.

### LES ZOUAVES

En avant! Et chantons la France,
Et les hauts faits de ses héros :
Nous imiterons leur vaillance,
En chantant leurs nobles travaux !

### CHŒUR DES ZOUAVES

*(Castelfidardo)*

« Guerre au trône, ont-ils dit, dans leur audace
        [altière,
Guerre à l'autel et guerre à Dieu! »
Ils ont du Roi-Pontife envahi la frontière,
De ses droits se faisant un jeu...
Contre ces noirs tyrans qui chassent aux esclaves,
Se lève un homme au noble cœur;
Il conduit au combat sa phalange de braves :
L'honneur a trouvé son vengeur!

« Marchons ! dit le héros, la gloire ou le martyre
 Couronne aujourd'hui nos efforts ! »
L'ennemi fuit tremblant... mais le zouave expire
 Sur le champ qu'il couvre de morts.
Le nombre à la valeur arrache la victoire :
 Les braves tombent ; mais l'écho
Redit à leur tombeau, comme un hymne de gloire,
 Le nom de Castelfidardo !


Honneur aux preux héros ! La vertu qui succombe
 Sous le malheur se voit grandir :
Noble vaincu, pour toi, sur le sol de la tombe
 Les lauriers sauront reverdir.
Trois immortels fleurons orneront ta couronne :
 L'honneur, la vaillance et la foi
L'histoire et l'avenir t'élèveront un trône
 Entre Bayard et Godefroy !

# III. – LA BATAILLE



## RÉCIT

La lutte s'engage terrible :
Combats sanglants, guerre inflexible,
Bravant la neige et les autans,
Autour de cette ville antique
Qu'illustra la vierge héroïque,
La noble cité d'Orléans.

Des jeunes enfants de la France
Longtemps le courage balance
Les vieux bataillons allemands ;
Parfois de notre vieille gloire
Un sourire de la Victoire
Fit revivre les heureux temps.

Au premier rang, au rang des braves,
Toujours et partout les Zouaves
Prodiguent leur sang, leur valeur :
Au temps de la chevalerie
Ainsi luttaient pour la patrie
Les preux sans reproche et sans peur.

3

Devant ses pas la jeune armée
Soudain voit la route fermée :
Dans nos rangs la sombre terreur
Jette une soudaine panique ;
Et sans une troupe héroïque,
Tout est perdu, même l'honneur !


Perdre l'honneur et la victoire
Dans ces lieux chers à notre gloire,
Jadis teints du sang des Anglais.. !
Non ! Voici venir les Zouaves,
Les Bretons, dignes de ces braves,
Les mobiles au cœur français !


« Marchons ! crie une voix vibrante,
« En avant ! » Un contre soixante,
Nos braves volent à l'assaut...
Mais l'ennemi revient en masse,
La destruction les menace :
Ils reculent, mais le front haut.


Que de héros jonchent la terre !
Quel deuil ! Quelle douleur amère
Environnera leur trépas !..
Quel est ce chef qui sur l'arène
Gît, semblable au robuste chêne
Que la tempête a jeté bas ?

LE GUERRIER, seul

Je te revois, ô ciel ! Je reviens à la vie !
Mais à quel sort, hélas ! mes yeux vont-ils s'ouvrir ?
Vaincu, captif, peut-être..! Ah ! quel démon m'envie
Sur le champ du combat la gloire de mourir ?

J'enlevais à l'assaut mes fidèles Zouaves ;
Avec nous s'élançaient un héros et ses braves :
Mon coursier est atteint, et moi-même sanglant
Trop tôt je suis tombé sur son corps expirant.

Le trouble est dans mon cœur ! O jour terrible
                                    [et sombre !
Affronter sans appui des ennemis sans nombre..!
Je cherche mes guerriers... En guidant leur valeur
Je voudrais avec eux mourir au champ d'honneur.

Ange de la Patrie, et vous, âme de Jeanne
Dont l'ombre sur ces champs, mystérieuse, plane,
Priez ! et que vos vœux protégent ces enfants !
Ah ! qu'ils sachent mourir, s'ils ne sont triom-
                                    [phants !

(Il écoute : On entend le bruit du canon).

Mais le bruit se rapproche, et l'ennemi s'avance :
Le canon plus bruyant gronde plus près de nous...
On fuit...! Ah ! c'en est fait, la déroute commence!...
L'ennemi n'est pas là ! Lâches, où courez-vous ?

### LE GUERRIER, UN OFFICIER DE MOBILES

#### L'OFFICIER

Les lâches sont ailleurs ! Aux courages sublimes
Rendez hommage : ici l'holocauste est complet.
Bientôt vous apprendrez le nombre des victimes,
Si vous vouliez des morts vous serez satisfait.

#### LE GUERRIER

Mes Zouaves ? O Dieu !.. parlez, quelle nouvelle ?

#### L'OFFICIER

A ces nobles guerriers, honneur, gloire immortelle !
Ils ont, fusil au poing, dispersé l'étranger :
L'ennemi devant eux, prompt comme la gazelle,
Fuyait comme un troupeau que chasse le berger.

En vain sur nous l'airain vomissait la mitraille :
Ils volent sous le feu, sous les coups meurtriers,
Fauchés comme les blés sur le champ de bataille,
Abordant les canons, sabrant les canonniers.

Victoire ! disions-nous, quand des masses profondes
Entourent leur phalange !... Ils reculent pourtant
Devant ces rangs vainqueurs, pressés comme les
[ondes,
Mais menaçant toujours et toujours combattant.

LE GUERRIER

Protége tes enfants, ô ciel, et prends ma vie !
Ah ! la donner pour eux eût été mon bonheur.
Mais en perdant ici mes frères, ma patrie,
Elle doit succomber au poids de la douleur.


LE GUERRIER, LES ZOUAVES


LES ZOUAVES

Vaincus ! nous battons en retraite :
Dieu n'a pas béni nos efforts ;
Ah ! sa vengeance est satisfaite !
Heureux les morts ! vivent les morts !


LE GUERRIER

Qu'avez-vous fait de ma bannière ?
Plus que la vie elle m'est chère ;
Retournons au combat, il la faut conquérir,
Rendez-moi ma bannière, ou laissez-moi mourir !


LES ZOUAVES

Ah ! ne parlez pas de la sorte :
Voyez ! autour de nous tout fuit.
Souffrez d'ici qu'on vous emporte,
Venez, l'ennemi nous poursuit

### LE GUERRIER

Fuir ! et laisser là ma bannière !
Plus que la vie elle m'est chère ;
Retournons au combat, il la faut conquérir :
Rendez-moi ma bannière ou laissez-moi mourir !

### UN ZOUAVE, accourant

Votre bannière, elle est sauvée :
Teinte du sang de trois héros,
Je l'apporte, je l'ai trouvée
Sur des corps couchés en monceaux.

### LE GUERRIER

Ah ! donnez-moi que je l'embrasse !
Désormais quoique l'on me fasse,
Je suis content ; Dieu ! sois béni !
Et s'il faut ici que je meure,
Frappe ! Je suis prêt à cette heure...
Mon rôle n'est-il pas fini ?

### LES ZOUAVES

Ah ! ne parlez pas de la sorte,
Voyez ! autour de nous tout fuit.
Souffrez d'ici qu'on vous emporte,
Venez, l'ennemi nous poursuit.

### LE GUERRIER

Adieu, mes fidèles Zouaves !
Toujours ensemble et toujours braves,
Nous avons fait notre devoir.
Pour vous, la France vous appelle,
Allez, conservez-vous pour elle,
Et soyez toujours son espoir !

### LES ZOUAVES

Ah ! ne parlez pas de la sorte !
Voyez ! autour de nous tout fuit :
Souffrez d'ici qu'on vous emporte :
Venez ! l'ennemi nous poursuit. .

### LE GUERRIER

Oui !... J'étais fier à votre tête !...
Partez, que rien ne vous arrête :
Mon corps retarderait vos pas.
Laissez-moi, que l'ennemi vienne ;
Digne de vous devant sa haine,
Mon âme ne faillira pas.

### LE GUERRIER, LES ALLEMANDS

#### LES ALLEMANDS

Hourra ! hourra ! hourra ! victoire !
Jour de bonheur et jour de gloire !
Les derniers Français sont battus,
Rien ne nous résistera plus !

#### AUTRE CHŒUR

Hourra ! hourra ! hourra ! victoire !
Jour de bonheur et jour de gloire !
Ces Français si fiers, si vaillants
Ne valent pas les Allemands !

#### ENSEMBLE

Hourra ! hourra ! hourra ! victoire !
Jour de bonheur et jour de gloire !

#### UNE VOIX

Craignez pourtant, craignez encor
Les *hirondelles de la mort (1) !*

#### UN ÉCLAIREUR

Prenez garde !.. Holà ! Qui vive !
Arrêtez-vous : Je vois là-bas
Un zouave..! N'avancez pas !

#### UN OFFICIER

Lâches ! marchez, quoiqu'il arrive !
Ce zouave couché là-bas,
C'est un blessé, ne craignez pas !

(1) Nom que les Allemands donnaient aux Zouaves pontificaux.

LE GUERRIER

Pourquoi cette frayeur si vive ?
Ce blessé, ne le craignez pas,
N'attend de vous que le trépas !

*(Prière)*

A tes mains, Dieu puissant, mon âme se confie !
Pour la foi, le salut de ma noble patrie
Je t'ai donné mon sang, je te donne ma vie :
    Je meurs en chrétien sous tes yeux !
Prête à mes derniers vœux une oreille propice,
Et d'un cœur paternel reçois mon sacrifice :
Ah ! rends à mon pays la gloire et la justice,
    A mon âme la paix des cieux !

## RÉCIT

Le guerrier en prière
Se lève avec effort,
A genoux sur la terre
Il attendait la mort...

La troupe sanguinaire
Se rapprochait toujours :
Du terrible adversaire
Ils vont trancher les jours...

Tout à coup une dame
Paraît près du héros,
Et la main d'une femme
Repousse les bourreaux :

Ses yeux, comme une épée,
Etincellent brillants :
La troupe en est frappée
Et recule à pas lents.


## LA DAME, LE GUERRIER, LES ALLEMANDS

### LA DAME

Fuyez, affreux sicaires
D'un monarque orgueilleux,
Vous, peuples mercenaires
D'un ministre odieux !

Si la France opprimée
Succombe sous vos coups,
Elle était désarmée
Par le ciel en courroux.

Mais la force brutale
Un jour vous manquera,
Pour vous l'heure fatale
En ce jour sonnera...

Enlevez à la France
Sa gloire, ses trésors,
Ses lauriers, sa puissance,
Ses provinces, ses forts !

Mais cette grandeur d'âme,
Ce courage français
Que l'univers proclame,
Vous ne l'aurez jamais.

Elevez votre gloire
Sur mes nobles débris,
Chantez votre victoire
Sur mes enfants meurtris !

Dieu vous fera descendre
Du faîte des grandeurs,
Un jour de cette cendre
Sortiront des vengeurs (1).

(Les ennemis disparaissent.)

## RÉCIT

La dame de ses yeux où brillait une larme
Souriait au héros en pleurant sur les morts :
Emu par ce regard et guéri par ce charme,
Il se lève tout prêt à de nouveaux efforts.

(1) *Exoriare aliquis notris ex ossibus ultor. (Virgile, liv. IV.)*

# LA DAME, LE GUERRIER

## DUO

### LA DAME

Console ton âme,
Noble défenseur !
L'univers acclame
Ton nom, ta valeur.

### LE GUERRIER

Chère et noble dame,
Reine de mon cœur !
L'univers proclame
Encor ta grandeur.

### LA DAME

Aux morts que nos larmes
Disent : *Au revoir!*
A tes frères d'armes
Va rendre l'espoir.

### LE GUERRIER

Aux morts que nos larmes
Disent : *Au revoir!*
A mes frères d'armes
Je rendrai l'espoir.

LA DAME

De vous je suis fière,
Valeureux enfants ;
Mais à votre mère
Gardez vos serments.

LE GUERRIER

Oui, tu seras fière
De tes vrais enfants ;
France ! notre mère !
Reçois leurs serments.

(La dame disparaît.)

## RÉCIT

Du jour sanglant marqué par tant de funérailles
    Déjà s'avançait le déclin :
Aux lugubres rumeurs, sombres voix des batailles,
    Succède un soir calme et serein.

La neige, sur le sol, immense et blanc suaire,
    Des victimes couvrait les corps,
Et la lune, semblable au flambeau funéraire,
    Illuminait le champ des morts.

Le guerrier, tout pensif, écoutait dans son âme
    Chanter des accents inconnus :
Il cherche près de lui l'auguste et belle dame,
    Il regarde et ne la voit plus.

Mais, traversant les airs, de brillantes phalanges
    Passent dans l'azur radieux :
Des héros moissonnés n'étaient-ce pas les anges,
    Conduisant leurs âmes aux cieux ?

CHŒUR DES ANGES

Venez, nobles enfants, dans un monde plus calme
Où vous attend le prix de vos rudes travaux :
Le monde d'ici-bas pour vous n'a point de palme,
Venez cueillir aux cieux la palme des héros.

## LA COURONNE

CHŒUR DES ZOUAVES

O France ! ils sont tombés sur ta robe sanglante ;
    Mais leur sang versé sur ton sein,
Efface de ses plis la tache humiliante ;
    Il ne coulera pas en vain.

O France ! ils sont tombés, comme la fleur nouvelle
    Tombe sous le fer destructeur :
Mais ta couronne ainsi n'en sera que plus belle
    Et de jeunesse et de fraîcheur.

O France ! ils sont tombés ; mais, semence féconde,
    Leur sang germera de nouveau ;
Un jour d'autres enfants sur le faîte du monde
    Remettront ton noble drapeau.

# IV. – LA SÉPARATION



## RÉCIT

Enfin l'horrible drame
Venait de s'accomplir;
Blessée au fond de l'âme,
La France allait mourir!

Combats, lutte sans trêve,
La douleur et le glaive
Ont tari tout son sang :
Un ennemi sans nombre
Sous son pied, dur et sombre,
Presse son noble flanc.

Mais dans cette hécatombe,
Aux Zouaves l'honneur!
Si la France succombe;
Ils conservent son cœur.

Vous, témoins de leur gloire,
Gardez-en la mémoire,

O forêts d'Orléans ;
A jamais d'âge en âge
Redites leur courage
O collines du Mans !

Vous, leurs vieux frères d'arme,
O marins, dites-nous,
De ces nœuds pleins de charme
Vous en souvenez-vous ?

Oui, les Français, les braves
Acclament les Zouaves,
Ces valeureux soldats,
Tandis que pleins de rage
D'autres sèment l'outrage,
L'insulte sous leurs pas.

Quel noir esprit des ombres
Evoqua ces démons ;
Fils horribles et sombres
Des révolutions ?

O Rennes ! ma Bretagne !
Ah ! le fléau te gagne :
Peuple autrefois chrétien,
As-tu donc de l'envie
Pour l'aveugle furie
Du bandit parisien ?

# LE GUERRIER, LES ZOUAVES, LE PEUPLE

### LES PATRIOTES

Vive la République!
Race aristocratique,
Fuyez, retirez-vous!
Du peuple qu'on opprime
La haine est légitime,
Craignez, craignez nos coups!

### LES ZOUAVES

Des lâches la menace
Ne nous fait point trembler;
Regardez-nous en face :
Lesquels vont reculer?

### AUTRE BANDE

Vive la République!..
D'un culte fanatique
Fuyez, délivrez-nous!
Fuyez, race de traîtres
Et séides des prêtres,
Craignez, craignez nos coups!

### LES ZOUAVES

A l'heure des batailles
Où donc vous cachiez-vous?
Rentrez dans vos murailles :
Nous méprisons vos coups!

### LE GUERRIER

Loin des cris d'une foule impie
Aux pieds des saints autels allons cacher nos pleurs :
Nous les enfants de la patrie,
Allons prier le ciel de finir ses malheurs.

### LES ZOUAVES

Nous les enfants de la patrie,
Allons prier le ciel de finir ses malheurs.

### LE GUERRIER

Oui, c'est au fond du sanctuaire
Que fleurit l'espérance aux rameaux immortels !
Au Divin Cœur, notre bannière,
Allons nous consacrer par des nœuds solennels.

### LES ZOUAVES

Au Divin Cœur notre bannière,
Allons nous consacrer par des nœuds solennels.

## RÉCIT

D'un geste, il écarte la foule;
Honteuse, elle fuit et s'écoule
Sous son regard impérieux.
Mais du temple la porte sainte
S'ouvre, et bientôt l'auguste enceinte
Retentit de leurs chants pieux.

Au Dieu d'amour et de justice
Offrant le divin sacrifice,
Le prêtre est debout à l'autel.
Quand sa main bénit l'assemblée,
La voûte scintille étoilée,
A leurs yeux s'entr'ouvre le ciel.


Ils voient au sein de la lumière
Une vision douce et fière :
Trois monarques majestueux ;
Plus haut dans des flots d'harmonie,
Deux visages de bon génie,
Deux femmes au front radieux.


C'étaient les grands rois de la France,
Les gardiens de son espérance :
Clovis, Charlemagne et Louis ;
C'étaient l'ange de la Patrie,
Et la Religion chérie
Qui bénissaient leurs vaillants fils.

## AUTRE RÉCIT

Le guerrier valeureux s'avance,
Et debout au pied de l'autel
Il dit le serment solennel
Des vrais défenseurs de la France :

# LE GUERRIER, LES ZOUAVES

### LE GUERRIER

Prosternés devant le Seigneur,
A l'ombre de cette bannière,
Moi, votre chef et votre frère,
Je vous consacre au Divin Cœur. —
Tous, pleins d'une mâle assurance,

### Ensemble

### LE GUERRIER

O frères! dites avec moi :
Nous vous engageons notre foi,
Notre amour et notre espérance!
Cœur de Jésus, sauvez la France!

### LES ZOUAVES

A Jésus, notre divin Roi,
Oui, nous engageons notre foi,
Notre amour et notre espérance!
Cœur de Jésus, sauvez la France!

### LE GUERRIER, seul

Ce drapeau fut, hélas! couvert
Du sang des plus chères victimes;
Mais ce cœur a lavé nos crimes,
Le ciel par lui leur est ouvert! —
Tous, pleins d'une mâle assurance,

Ensemble

LE GUERRIER

O frères, dites avec moi :
Nous vous engageons notre foi,
Notre amour et notre espérance!
Cœur de Jésus, sauvez la France!

LES ZOUAVES

A Jésus, notre divin Roi,
Oui, nous engageons notre foi,
Notre amour et notre espérance!
Cœur de Jésus, sauvez la France!

LE GUERRIER, seul

Quand sous ses plis nous combattrons,
Cœur de Jésus, pour votre gloire,
Dieu lui donnera la victoire,
Nous, notre sang, nous le jurons! —
Tous, pleins d'une mâle assurance,

Ensemble

LE GUERRIER

O frères, dites avec moi :
Nous vous engageons notre foi,
Notre amour et notre espérance !
Cœur de Jésus ! sauvez la France !

## LES ZOUAVES

A Jésus, notre divin Roi,
Oui, nous engageons notre foi,
Notre amour et notre espérance !
Cœur de Jésus, sauvez la France !


## RÉCIT

Le ciel répond à leurs serments ;
On entend de lointains accents
Qui redisent dans le silence :
Gloire aux vrais enfants de la France !


## VOIX CÉLESTES

Gloire aux vrais enfants de la France !
La France reprendra l'essor ;
Les vieux temps renaîtront encor,
Ramenant l'honneur, la vaillance !
Gloire aux vrais enfants de la France !

Gloire aux vrais enfants de la France !
Oui, Patrie et Religion
Feront refleurir l'union,
La Foi, l'Amour et l'Espérance !
Gloire aux vrais enfants de la France !

(L'Eglise se referme.)

# RÉCIT

Hélas ! c'est l'heure des adieux !
A ce moment qui les sépare,
Des cœurs la tristesse s'empare,
Les larmes brillent dans les yeux.

Mais à grands pas un homme arrive ;
Que veut-il ce chef étranger ?
On prête une oreille attentive
A la voix de ce messager :

LE GUERRIER, LES ZOUAVES, UN MESSAGER

### LE MESSAGER

Ecoutez ! Le Chef de la France
Veut récompenser la vaillance :
De la France soyez soldats,
Vous ne vous séparerez pas !

### LES ZOUAVES

Nous ne nous séparerons pas !

### LE MESSAGER

Gardez votre bannière aimée ;
Illustrés par la renommée,
Vous, modèles de nos soldats,
Non, non, ne vous séparez pas !

LES ZOUAVES

Non, non, ne nous séparons pas !

LE GUERRIER, s'avançant

De cet honneur nous rendons grâce,
Mais, il le faut, hélas ! nous le rejetterons :
A Rome est toujours notre place,
Soldats du Pape-Roi toujours nous resterons !

LES ZOUAVES

A Rome est toujours notre place,
Soldats du Pape-Roi toujours nous resterons !

LE GUERRIER

Que la France un jour nous appelle,
A sa voix d'accourir nous nous empresserons;
Mais l'Eglise nous veut pour elle :
Soldats du Pape-Roi toujours nous resterons !

LES ZOUAVES

Mais l'Eglise nous veut pour elle,
Soldats du Pape-Roi toujours nous resterons.

LE GUERRIER

Oui, pour l'Eglise et la Patrie,
Frères, sous ce drapeau nous nous retrouverons.
Adieu ! mais unis pour la vie,
Soldats du Pape-Roi toujours nous resterons.

### LES ZOUAVES

Adieu ; mais unis pour la vie,
Soldats du Pape-Roi toujours nous resterons.

### LE GUERRIER

Avant de nous quitter, pour l'Eglise et la France,
Frères, faisons au ciel monter un dernier vœu ;
Disons un dernier chant, le chant de l'espérance,
Pour notre France encore une fois prions Dieu.

### ESPÉRANCE

#### CHŒUR DES ZOUAVES

Reviens, ô mon pays, à la Foi de tes pères,
Courbe, courbe ton front devant le Roi des cieux ;
Dieu seul des nations rend les destins prospères,
Seul il peut accorder la victoire à tes vœux.

Aux peuples comme aux rois Dieu donne le cou-
[rage,
De la paix, de la guerre il bénit les travaux :
Tu connus de grands cœurs, ô France, d'âge
[en âge,
Ton premier roi chrétien fut ton premier héros.

Dieu qui tient dans sa main la foudre et les
[tempêtes,
Pour sauver ou punir, pour protéger souvent,
Remet aux nations le glaive des conquêtes :
Le plus grand de tes rois, fut un fier conquérant,

Quand des peuples Dieu veut couronner la justice,
Il livre le pouvoir à des hommes pieux,
Et du bonheur sur eux brille l'astre propice :
Le plus doux de tes rois est un grand saint aux
[cieux.

Reviens, ô mon pays, à la foi de tes pères,
Courbe, courbe ton front devant le Roi des cieux.
Dieu seul des nations rend les destins prospères,
Seul il peut accorder la victoire à tes vœux.

FIN

# PREMIER ACTE

### Page 2

#### Où Notre-Dame de la Garde...

Il y a ici une erreur historique, touchant le lieu de la scène. Ce n'est pas à Marseille, mais à Toulon, que les Zouaves débarquèrent, à leur retour d'Italie. Ils devaient, il est vrai, débarquer dans la première de ces deux villes ; mais, on craignit des manifestations hostiles de la part des patriotes marseillais.

« A Toulon, dit un historien des Zouaves, ils furent regardés par le peuple avec une bienveillante curiosité, et salués par les marins. »

### Page 3

#### Le Guerrier.

Nous n'avons employé, pour des raisons différentes, aucun nom propre, dans notre poëme. Ce nom générique de *Guerrier* désigne un personnage allégorique personnifiant tout le corps des Zouaves ; car ils ont tous leur part dans notre œuvre. Ce n'est pas notre faute, si, dans le développement de l'action, la ressemblance arrive presque à l'identité entre le héros du poëme et celui qui, de l'aveu de tous, personnifie si bien, dans la réalité, l'illustre régiment des Zouaves.

Quant aux autres dénominations, on reconnaîtra sans peine les individus qu'elles désignent.

### Page 6

### Tandis que des rebelles..

« .. Les révolutionnaires du Midi essayèrent de constituer un gouvernement opposé à celui de la Défense nationale, au risque d'amoindrir la résistance et de briser l'unité française...

» Aussitôt l'anarchie éclata dans les grandes villes du Midi, à Lyon, Marseille, Toulouse, Perpignan, Toulon, Saint-Etienne, Valence, etc...

» Sauf à Lyon, personne ne se rendit aux armées... »

*(Histoire générale de la guerre de 1870-1871,* par Dussieux, pages 223, 224, 225.)

### Page 8

### Je suis Français!..

« Le 1er mai 1862 vit éclore la circulaire ministérielle que voici :

« Monsieur le préfet, j'ai été consulté sur la question de savoir si des individus qui, ayant pris du service dans l'armée pontificale sans l'autorisation du gouvernement de l'Empereur, sont rentrés en France sans obstacle, doivent être inscrits sur la liste électorale de la commune où ils résident encore depuis leur retour... Dès l'instant où le fait d'avoir pris du service dans l'armée pontificale est constant, il est hors de doute que la qualité de Français, et par suite, les droits d'électeurs sont perdus... »

Un blessé du 18 septembre avait adressé à M. le Ministre de l'intérieur une lettre qui devait demeurer sans réponse :

« Monsieur le Ministre, disait-il,... si l'on nous refuse le droit d'être Français, un jour, — qu'il ne vienne jamais pour la patrie qu'on nous ôte! — si le sol de la France était en danger, qui pourra nous contester le droit d'être volontaires de la Patrie, comme nous avons été les volontaires de la Foi?... »

*(Les Soldats du Pape,* par Oscar de POLI, pages 202, 205.)

### Ibidem

#### La France aux mains d'un mercenaire...

On n'a pas oublié le nom de ces *honorables* qui, à la tribune du Corps Législatif, s'efforcèrent de flétrir les Zouaves pontificaux par ce nom de *Mercenaires.*

### Ibidem

#### Je suis Breton!...

Beaucoup d'autres provinces ont fourni des soldats au régiment des Zouaves; mais la Bretagne est celle qui comparativement en a fourni le plus, sans parler de leur Chef, qui est aussi Breton.

### Page 9

#### Si Dieu m'eût fait rendre mes armes...

«... Obligé dans sa conscience d'affirmer ses droits et de constater que la violence seule lui enlevait sa

Capitale, le Saint Père avait ordonné qu'on arborât
le drapeau blanc dès qu'une brèche serait faite aux
murailles... »

> *(La Campagne des Zouaves pontificaux en France,* par
> M. S. JACQUEMONT, page 14.)


Page 10

**Ecoute ! Loin d'ici, dans une ville obscure...**

Cette ville est Paray-le-Monial, moins obscure aujour-
d'hui par suite des grands pélerinages qui l'ont signalée.
C'est là, dans le couvent de la Visitation, où a pris sa
naissance ou plutôt son accroissement la dévotion
au Sacré-Cœur, que le célèbre fanion des Zouaves
a été confectionné.


# DEUXIÈME ACTE

Page 15

**Tours, en ces temps, la ville-reine...**

C'était à Tours, en effet, où résidait la Délégation
du gouvernement de la Défense nationale, que devait
s'organiser la Légion des Volontaires de l'Ouest.

« Au moment même où M. de Charette préparait
de la sorte et si bien deux éléments essentiels de son
entreprise, il faillit rencontrer une entrave :

Garibaldi, appelé en France par les sectes révolutionnaires, venait à Tours, où on lui préparait un
triomphe. Heureusement le général Lefort, toujours

bienveillant pour les Pontificaux, comprit que la présence du bandit sacrilége leur serait odieuse, et il les envoya de suite au Mans... »

C'est précisément ce contraste entre Garibaldi reçu en triomphe à Tours, et les Zouaves forcés de vider la place devant lui, sur le sol français, qui a donné l'idée de ce second acte. Nous avons fait une infraction volontaire à l'histoire, pour mettre en présence ces trois personnages : le Guerrier, le Tribun et le Bravo.

Page 18

### Quittez, Quittez l'ombre des temples...

Dans certaines villes, notamment à G., on fit circuler des pétitions signées par des femmes, demandant le départ des prêtres pour l'armée.

Page 21

### Nous avions à l'autel voué notre existence...

Un certain nombre de Séminaristes de divers diocèses, entre autres de celui de Saint-Brieuc, allèrent grossir la légion des Volontaires de l'Ouest. Ils firent vaillamment leur devoir, et l'on compta parmi eux des blessés et des morts.

Page 24

### Il dit, et pour frapper déjà son bras se lève..

On peut trouver quelque ressemblance de situation entre le Guerrier devant le Bravo, dans cette scène, et Achille devant Agamemnon, au premier chant de l'*Iliade*.

## Page 28

### La République universelle...

On sait que la République universelle est le rêve de
Garibaldi, et l'on a pu voir par le pillage d'Autun
comment il entend cette république.

## Page 31

### Entre Bayard et Godefroy...

Placer Lamoricière entre le chevalier Bayard et
Godefroy de Bouillon semblera peut-être un peu forcé.
Mais pour nous, après tout, Lamoricière plantant le
drapeau français sur les murs de Constantine ne nous
paraît pas trop indigne de Bayard défendant le pont
du Garigliano ; et le champion du Saint-Siége, mis dans
l'histoire à côté du libérateur du Saint-Sépulcre, ne
sera pas totalement éclipsé.

# TROISIÈME ACTE

## Page 34

### Jadis teints du sang des Anglais...

Les champs de Patay ont été le théâtre d'une sanglante
défaite infligée par Jeanne d'Arc aux Anglais, en 1429.

## Page 35

### Avec nous s'élançaient un héros et ses braves..

Ce héros, c'était le général de Sonis, commandant le
17e corps de l'armée de la Loire, qui conduisit l'attaque

du bourg de Loigny, où il fut blessé ainsi que le colonel
de Charette. Parmi les braves qui le suivaient figurait
un bataillon de Mobiles des Côtes-du-Nord.

« Chanzy fut repoussé de Loigny, malgré la bravoure
de la 1ʳᵉ division de son corps d'armée commandée par
l'amiral Jauréguiberry, malgré la défense admirable
du 37ᵉ régiment de marche dans le village et le cimetière
de Loigny, malgré l'intrépidité des Zouaves pontificaux
et des Mobiles des Côtes-du-Nord qui, sous le commandement du général de Sonis et de M. de Charette,
essayèrent de dégager le 37ᵉ, et engagèrent avec les
Allemands une lutte qui restera célèbre dans nos
annales militaires. »

*(Histoire générale de la Guerre de 1870-1871, page 174.)*

Il faut lire le récit de ce combat de Loigny, dans le livre de
M. Jacquemont : *La Campagne des Zouaves pontificaux en France.*

## Page 37

### Qu'avez-vous fait de ma bannière ?

« ... Le colonel de Charette, épuisé par sa blessure,
vint s'asseoir sur le bord d'un fossé... Quelques Zouaves
essayèrent de l'emporter. Il refusa :

« Non, mes amis, dit-il, non : à quoi bon vous faire
tuer ? Je suis bien ici, allez encore vous battre pour
la France ! »... Ces malheureux débris se retirèrent
lentement vers Patay. L'un d'eux, le sergent Le Par-
mentier, rapportait la glorieuse bannière du Sacré-
Cœur, teinte du sang de quatre victimes. »

*(La Campagne des Zouaves pontificaux en France, page 109.)*

Page 41

### Le guerrier en prière.

« ... Des Zouaves étaient restés dans Loigny... L'on vit l'un d'eux, après avoir tiré toutes ses cartouches, se jeter à genoux pour recevoir le coup de la mort. »

(Ibidem, page 109.)

# QUATRIÈME ACTE

Page 48

### O collines du Mans...

Nous n'avons pu vouloir faire entrer dans notre poëme toutes les affaires dans lesquelles les Zouaves se sont signalés. Leur plus beau fait d'arme, après Patay, c'est l'attaque du plateau d'Auvours. Ecoutons un historien déjà cité :

« Frédéric-Charles s'était emparé du plateau d'Auvours qui commandait notre ligne de retraite ; mais les Zouaves pontificaux, après une marche de deux kilomètres sous une pluie de fer, avaient repris la position, et cette fois encore le Prussien sut ce qu'était la baïonnette française, maniée par des gens de cœur. »

(*Histoire générale de la Guerre de 1870-1871*, page 183.)

Voir encore : *La Campagne des Zouaves pontificaux en France.*

Ibidem.

### Vous leurs vieux frères d'arme...

« ... Partout où les Zouaves pontificaux et les Marins se sont rencontrés, ils ont toujours eu le même penchant à se rapprocher et à vivre ensemble en bons camarades. Ce n'était pas seulement par une même habitude de l'obéissance et de la discipline, mais, il me semble, par une certaine ressemblance de caractère et de tempérament. Le spectacle incessant d'un élément terrible et qui se joue des forces humaines donne aux marins ce mépris tranquille de la mort et cette profonde insouciance qui plaît en eux. Bien des fois j'ai retrouvé comme un trait distinctif sur la physionomie de nos Zouaves, la même insouciance grave et intelligente qui leur venait de la pratique du devoir et d'une confiance absolue dans la volonté de Dieu. »

*(Campagne des Zouaves pontificaux en France, page 126.)*

### Ibidem

#### O Rennes ! ma Bretagne !...

« ... Ce qui mérita alors l'admiration de la ville de Rennes, ce fut la contenance digne et impassible des Zouaves. Insultés, ils ne répondaient pas ; maltraités, ils ne tiraient pas leur sabre ; et se contentaient de repousser les agresseurs, lorsqu'ils ne pouvaient les mener au poste voisin. Ce fut un bel exemple de discipline, plus difficile et plus méritoire que le courage sur le champ de bataille. Tous les honnêtes gens de Rennes, c'est-à-dire à peu près toute la ville, restèrent indignés de ces violences, et les tribunaux rendirent aux Zouaves une éclatante justice. »

*(Ibidem, page 180.)*

### Page 52

#### Prosternés devant le Seigneur...

« ... M. de Charette accomplit à Rennes un acte de religion, éloquent témoignage des sentiments et des pensées qui le guidaient dans son commandement. Le régiment avait marché, dans la glorieuse journée de Loigny, sous une bannière où était représenté le Sacré-Cœur de Jésus, et le généreux sang de plusieurs Zouaves tués ou blessés autour d'elle avait trempé cette image du divin sacrifice. M. de Charette voulut perpétuer ce souvenir et s'acquitter d'une dette de reconnaissance en consacrant sa légion au Sacré-Cœur de Jésus, dont l'emblème, cher aux Zouaves pontificaux, couvrait depuis longtemps leur poitrine lorsqu'ils marchaient au combat. Il réunit donc un matin ses officiers et ses soldats dans la chapelle du Séminaire de Rennes, et là, après la messe, le précieux fanion étant déployé devant l'autel, le général, avec l'accent de la foi la plus ardente, prononça ces paroles :

« A l'ombre de ce drapeau teint du sang de nos
» plus nobles et plus chères victimes, moi, général
» baron de Charette, qui ait l'insigne honneur de vous
» commander, je consacre la légion des Volontaires de
» l'Ouest au Sacré-Cœur de Jésus, et avec ma foi de
» soldat et de toute mon âme, je dis et je vous demande
» de dire avec moi : Cœur de Jésus, sauvez la France! »

(Ibidem, p. 181.)

Page 55

### Mais à grands pas un homme arrive...

«... M. le général de Place, au nom du ministre, vint à Rennes, conféra avec M. de Charette, et lui proposa, comme récompense des services rendus par la légion, de la transformer en un régiment de l'armée régulière. C'était l'offre la plus flatteuse que pût nous faire le gouvernement... Le général de Charette réunit ses officiers et leur fit part de la proposition du ministre. Mais il leur rappela que les Zouaves pontificaux s'étaient voués à la défense des droits du Saint-Siége, et qu'ils devaient rester libres de pouvoir relever ce drapeau quand les circonstances politiques le permettraient... Nous priâmes le général de remercier le ministre et de ne pas accepter son offre, si honorable et si avantageuse qu'elle fût pour chacun de nous. »

(Ibid. page 183.)

En terminant, nous devons faire observer que ces documents n'étaient point entre nos mains, quand nous avons fait notre poëme, du moins pour la plus grande partie : nous n'avions, pour nous aider, que quelques renseignements tirés des journaux ou d'individus particuliers Nous faisons cet aveu, comme devant être un titre à l'indulgence du lecteur.

FIN DES NOTES

# TABLE


Préface........................................... I

I. Le Retour................................... 2

II. La Rencontre............................. 15

III. La Bataille.............................. 33

IV. La Séparation........................... 47

Notes......................................... 50



Guingamp, imprimerie P. Le Goffic. — 1873.

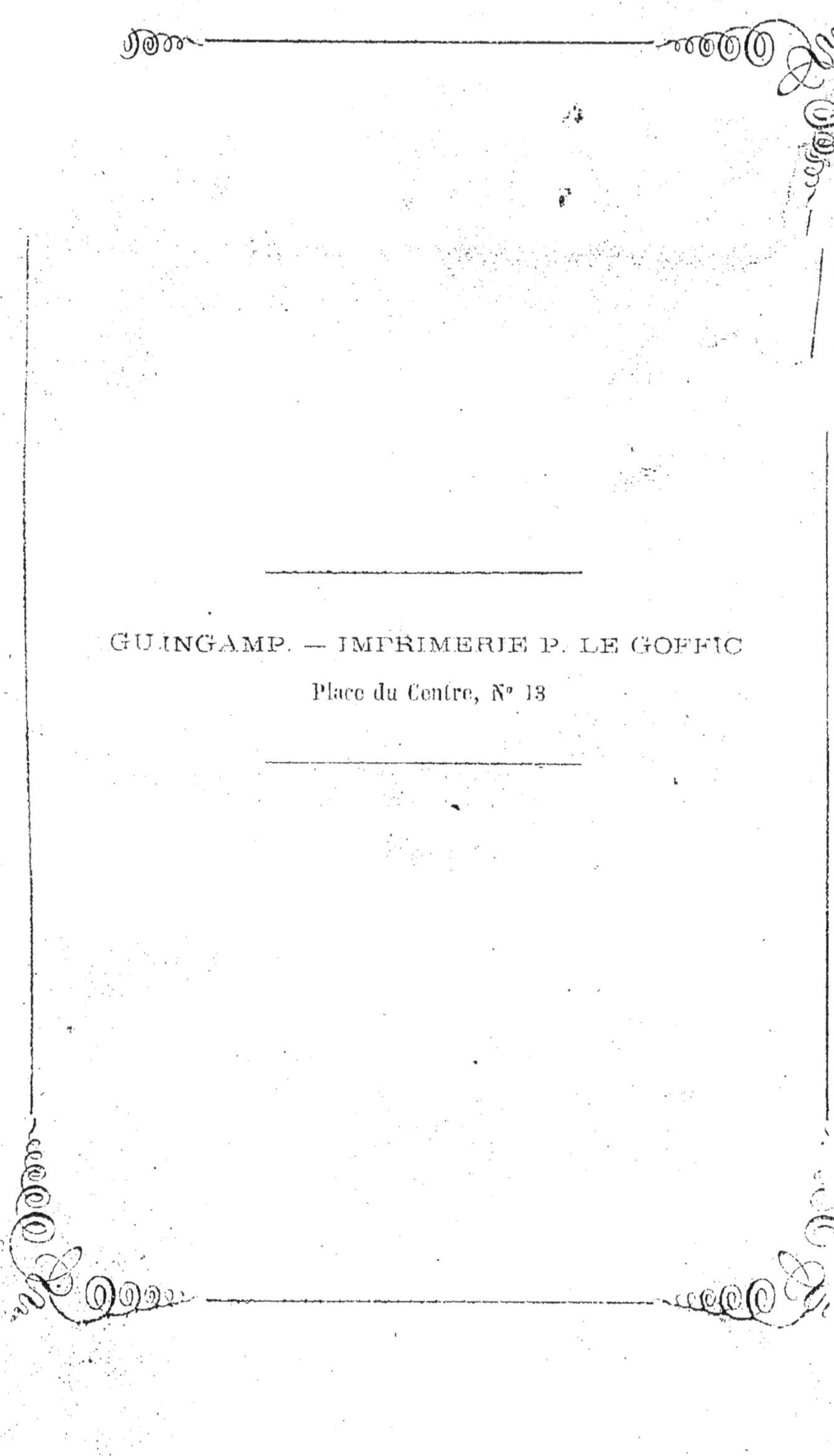

GUINGAMP. — IMPRIMERIE P. LE GOFFIC

Place du Centre, N° 13

www.ingramcontent.com/pod-product-compliance
Ingram Content Group UK Ltd.
Pitfield, Milton Keynes, MK11 3LW, UK
UKHW022329070726
13614UKWH00003B/1016